EIN LEBEN HINTER GITTERN

Danksagung

Ich will hiermit Frau Karres danke sagen, dass sie mir ermöglicht hat, mein erstes Buch zu schreiben und auch zu veröffentlichen. Danken möchte ich auch dafür, dass ich mit Ihnen über vieles reden konnte und Sie immer ein offenes Ohr für uns Gefangene hatten und immer noch haben. Der Dank kommt von ganzem Herzen.

Christian Grönecke

Grönecke

EIN LEBEN
HINTER GITTERN

Knastgeschichten

Bibliografische Information der Deutschen Nationalbibliothek:
Die Deutsche Nationalbibliothek verzeichnet diese Publikation in der Deutschen Nationalbibliografie; detaillierte bibliografische Daten sind im Internet über http://dnb.dnb.de abrufbar.

© 2017 Haylo Karres
Satz, Umschlaggestaltung, Herstellung und Verlag:
BoD – Books on Demand

ISBN: 978-3-7448-4572-4

Kapitel   Seiten

1
Kindheit und Krieg

Geboren wurde ich in Kroatien, in einer ganz normalen Familie. Ich kam als zweites Kind auf die Welt, so dass ich einen größeren Bruder besaß, und als nach drei Jahren meine kleine Schwester geboren wurde, waren wir drei, und ich musste meine Position als Kleinster aufgeben. Die kleine Schwester wurde nicht nur von uns größeren Geschwistern verwöhnt, sondern war auch der Liebling unseres Vaters.

Mein Vater war Berufssoldat in der kroatischen Armee, daher erlebten wir ihn nur, wenn er uns besuchen kam. Wenn er dann aber bei uns erschien, umarmte er als Erstes meine Mutter, dann kam seine Mutter, also unsere

Oma, dran und erst dann wir Kinder, dabei hob mein Vater zuerst meine kleine Schwester hoch und warf sie in die Luft, die Schwester jubelte, und erst dann begrüßte er uns Buben.

Abends, bevor wir ins Bett gingen, erzählte er uns von der Armee, und wir Kinder hörten ihm andächtig, mit großen Augen zu. Wenn ich heute darüber nachdenke, so war er ein überzeugter Soldat – was sein Leben und das seiner Familie prägte. Die Familie schien bei ihm an zweiter Stelle zu stehen, da wir uns alle nach den Bedürfnissen seines Dienstes richten mussten. Auf jeden Fall waren wir sehr stolz auf ihn, wenn er mit seiner schönen Uniform durchs Dorf lief.

Mein Mutter war eine nicht sehr große Person, da sie zwei Köpfe kleiner war als mein Vater. Sie besaß lange schwarze Haare, und man sagte, dass sie eine schöne Person gewesen sei.

Unser Haus im Dorf Vokuva empfand ich als sehr groß, da über dem Keller, im Erdgeschoss, die Wohnräume mit der Küche lagen, im ersten Stock meine Eltern schliefen, im zweiten wir Kinder und unter dem Dach die Oma, deren Räumlichkeiten seinerzeit der Opa ausgebaut hatte, bevor er starb. Jedes Stockwerk besaß sein eigenes Bad.

Meine Kindheit empfinde ich, im Rückblick, als sehr schön. Ich hatte alles, was ein Kind benötigte. Tiere, die im Garten lebten, in den Ställen Kühe, Schweine und Hühner, die von meiner Mutter, der Oma und uns Kindern versorgt wurden, wobei meine Oma mit ihren 82 Jahren nicht die Fitteste war. Zwei Schlaganfälle hatten sie bereits niedergestreckt, trotzdem konnte sie sich um die Tiere, so gut es ging, kümmern. Die Hühner zu füttern war die Aufgabe von uns Kindern, so dass sie, wenn wir nur in die Nähe des Hühnerstalls kamen, aufgeregt anfingen zu gackern.

Unser Grundstück umgab ein großer Holzzaun, dessen Holztor mit einem Krach ins Schloss fiel, da dieses schräg angebracht wurde und damit nie offen stand.

Am 15. Dezember brach dann der Krieg aus und wurde schrecklich. Da war mein Vater 39 Jahre alt.

Es wurde ein Bürgerkrieg, in dem Serben, Kroaten, Bosnier und Slowenen gegeneinander kämpften, mit vielen Toten, und er sollte das Land Jugoslawien spalten und uns alle ins Chaos stürzen.

Da war ich gerade 6 Jahre alt.

Richtig verstehen konnte ich das damals alles nicht und fand es nur unheimlich, und es machte mir Angst.

Häuser flogen in die Luft und

Menschen starben. Wenn Menschen auf der Straße lagen und nichts mehr machten, dann sagte man mir, dass sie tot wären.

Und mein Vater mittendrin, um den wir alle bangten.

Als wir ihn das letzte Mal lebend sahen, sagte er zu uns, obwohl wir nicht ahnten, dass wir ihn nie wiedersehen würden: „Du und deine Mutter sowie deine Geschwister, ihr fliegt jetzt nach Deutschland und zwar nach Frankfurt. Ich komme so schnell wie möglich hinterher."

Ich weinte, wie jedes kleine Kind weinen würde, da mich der Zweifel plagte, ob er auch bestimmt nachkommen würde, da mir bewusst war, was sein Job als Soldat bedeutete. Ich klammerte mich an sein Bein und wollte ihn nicht mehr loslassen, da ich selbst mit meinen sechs Jahren mitbekommen hatte, ob er sein Versprechen überhaupt halten konnte und der Krieg ihn vorher nicht verschlucken würde.

Mit dem Auto fuhren wir dann in die nächste Stadt, von wo wir den Zug nach Zagreb nahmen. Am Flughafen kauften wir uns die Tickets, und dann ging es auch schon ab nach Frankfurt. Da ich noch nie in einem Flugzeug gesessen hatte und auch noch nie so weit fort von zu Hause gekommen war, fürchtete ich mich, speziell da meine Mutter in Zagreb zurückblieb und nur meine Oma sowie meine Geschwister und ich abflogen.

2
Flucht und neue Heimat

Nach knapp zehn Stunden landeten wir in Frankfurt und wussten dort nicht, wohin wir sollten. Meine Oma ging also zu einem Polizisten, der uns in eine Unterkunft brachte, wo wir übernachten konnten, wobei ich so verstört war, dass ich damals aufhörte zu sprechen.

Am nächsten Tag kam das Sozialamt und brachte uns, so wie noch andere Flüchtlinge auch, in ein Aufnahmelager, von dem ich nicht viel berichten kann, da ich diese Zeit anscheinend völlig verdrängt habe. Woran ich mich jedoch noch erinnern kann, ist, dass wir dort in einem Raum mit noch circa 50 anderen Personen untergebracht wurden und nach drei Wochen diese Bleibe verlassen konnten.
Wir erhielten eine 3-Zimmer-Wohnung

in Frankfurt, in der wir drei Jahre blieben. Nach sechs Monaten kam ich mit der Situation besser klar, da ich einen Sprachkurs besuchte, so dass ich mich mit anderen Menschen verständigen konnte. In dieser Zeit fragte ich immer wieder nach meiner Mutter und meinem Vater, die ich vermisste.

Wir Kinder besuchten vormittags die Schule und nachmittags den Hort und gingen erst abends zur Oma nach Hause.

Im April 2004 teilte man uns dann mit, dass mein Vater gestorben sei.

Die Nachricht vom Tod meines Vaters hatte mich echt mitgenommen. Obwohl ich erst acht Jahre alt war, konnte ich ermessen, was das für uns bedeutete.

Unsere Oma erlitt bei dieser Nachricht einen Schock und musste mit dem Rettungswagen ins Krankenhaus.

Ein paar Tage später rief meine Tante aus Jugoslawien an, also die Schwester meiner Mutter, dass meine Mutter sich nach dem Tod meines Vaters erhängt habe, als sie vom Tod meines Vaters erfahren hatte. Nach diesem Telefonat brach die Oma endgültig zusammen. Mit dem Tod meiner Eltern wurden wir Geschwister zu Waisen, und meine Oma sah sich mit ihren 87 Jahren nicht mehr in der Lage, für ihre drei Enkel die Verantwortung zu übernehmen, und so brachte uns das Jugendamt in drei verschiedenen Pflegefamilien unter.

Der Tod meiner Eltern und die Trennung von der Oma brachten mich so aus der Bahn, dass ich aggressiv wurde und mir nichts mehr sagen ließ. Ich verschloss mich und fing an, alleine für mich zu leben.
Ich brach alle Regeln in der Familie, ging nicht mehr in die Schule und schlitterte damit immer weiter den Bach hinunter.

Die Pflegefamilie schaltete wieder das Jugendamt ein, das mich in ein Heim brachte. Ein Heim, in welchem die älteren Kinder mich mobbten, vor denen ich tagsüber nicht sicher war. Wenn sie mich alleine sahen, konnte ich nicht schnell genug laufen, um ihren Schlägen und Tritten zu entkommen. Und wenn sie mich doch erwischten, war der Spott groß und die Schläge umso brutaler.

Nach einem halben Jahr fragte ich im Heim nach, ob ich wieder zurück zu meiner Oma dürfe. Das Jugendamt teilte mir darauf mit, dass sie die Oma zuerst fragen müssten, ob sie mich wieder aufnehmen könnte und, oh Wunder, sie sagte Ja.

So kam ich wieder heim zur Oma und war glücklich, dem Terror im Heim entronnen zu sein.
Meine Geschwister schienen es besser

getroffen zu haben, denn die blieben bei ihren PfleMit der Freiheit bei meiner Oma schien ich jedoch nichts anfangen zu können, denn ich fing an zu stehlen und meine Oma zu belügen. Als säße in mir ein Dämon, ging ich auch nicht mehr zur Schule, so dass sich wieder das Jugendamt einschaltete und mich in das zweite Heim steckte. Gott sei Dank kam ich nicht in das alte Heim, in dem man mich gemobbt hatte, sondern in eines, in dem ich besser klarkam.

3
Das Leben in Heimen

Im zweiten Heim musste ich mich wieder an eine neue Umgebung, andere Regeln und andere Heimbewohner gewöhnen. Wobei diese Kinder im gleichen Alter wie ich waren und mich dort auch niemand mobbte.

Ich ging in eine neue Schule und einen neuen Hort und fand im Hort auch einen guten Freund, der Nikola hieß und mit dem ich oft durch die Stadt Gießen streifte und dabei die Stadt kennen lernte.

Als ich 15 Jahre alt wurde, musste ich auch dieses Heim verlassen, da ich oft ausrastete, wenn man mich bei Streitigkeiten unter den Jugendlichen des Heimes als Hurensohn beschimpfte.

Da kam es schon mal vor, dass dabei Stühle in die Brüche gingen und Türen aus den Angeln flogen.

Als man mich dann auch noch des Diebstahls beschuldigte, da einige aus der Schule und dem Hort, die ich bestohlen hatte, mich bei der Heimleitung anzeigten, war es wieder so weit, dass ich gehen musste.

Man brachte mich in ein anderes, drittes Heim und zwar in Groß Linden.

Dort fingen meine Straftaten erst richtig an. Anzeigen wegen Körperverletzungen sowie Sachbeschädigungen waren an der Tagesordnung. Als ich dann auch noch anfing, Einbrüche zu begehen, sagte mir auch diese Heimleitung, dass es mit mir so nicht weitergehen kann und ich das Heim verlassen muss, was ich doof fand, da ich mich wieder von neuem irgendwo anders einleben musste.

Ich kam nach Frankfurt in eine

Pflegefamilie.

Das Jugendamt hoffte auf eine Besserung, wenn man mich aus meinem alten Umfeld herausholen würde.

Es wurde ein Ehepaar, dessen Kinder bereits das Haus verlassen hatten und sich durch die Aufnahme eines Pflegekindes etwas Geld dazuverdienen wollten.

Ich schätze beide um die 45 Jahre alt, wobei Jugendliche in meinem Alter alles, was über 30 Jahre hinausging, als alt empfanden. Sie war eine zierliche Person mit schwarzen Haaren und er etwas stämmiger und größer.

Das Ehepaar empfing mich freundlich und gab mir eines der Kinderzimmer, das sie neu eingerichtet haben mussten, da es keine persönliche Einrichtung besaß. Es gab keine Bilder an den Wänden oder sonstige Kleinigkeiten, die ein Zimmer gemütlich machen. Ein Bett, ein Schrank, ein kleiner Tisch sowie ein Stuhl war alles, was das Zimmer besaß.

So im Nachhinein muss ich zugeben, dass das Ehepaar sich in der darauffolgenden Zeit große Mühe mit mir gab, mir ein Heim zu geben und die Eltern zu ersetzen, was ich damals nicht zu schätzen wusste. Ich verweigerte jegliche Bemühungen, mich zu integrieren, und erschien auch bei keinen Mahlzeiten, sondern holte mir das Essen aus der Küche, das ich dann alleine in meinem Zimmer verdrückte. Auch hier fing ich wieder mit meinen Straftaten an und schwänzte die Schule.

4
Freundin

Als ich mein 16. Lebensjahr erreichte, wollte ich nur noch weg von diesem Ehepaar. Ich konnte nicht mehr in dieser Pflegefamilie bleiben. Ich vereinsamte, und die Pflegeeltern fanden keinen Zugang zu mir.

Über einen Telefonchat lernte ich ein Mädchen kennen, das Anne hieß und in Nürnberg lebte. Wir schrieben einander und telefonierten circa vier Wochen miteinander und verliebten uns ineinander.
Irgendwann haute ich von diesen Pflegeeltern dann ab und fuhr abends mit dem Zug nach Nürnberg zu dieser Freundin, die ich nur vom Telefon her kannte.
Als ich in Nürnberg auf dem Bahnsteig

auf sie wartete, kam ein Mädchen auf mich zu. Sie sah genauso aus wie auf den Bildern, die sie mir per Telefon zugeschickt hatte.

Wir begrüßten einander schüchtern und fuhren mit der Straßenbahn zu ihr nach Hause. Als wir dort eintrafen, nahm mich die Mutter ganz selbstverständlich auf.

Mit der Zeit fing ich an mich zu langweilen, wenn die anderen Jugend- lichen die Schule besuchten oder sich in ihren Ausbildungsstätten aufhielten.

Die Familie lebte etwas ländlich von Nürnberg entfernt. Gleich am Anfang fragte mich die Mutter, was denn los sei mit mir, dass ich mitten in der Nacht bei ihnen erscheine. Darauf erzählte ich ihr einiges aus meinem Leben und sie sah mich danach geschockt an. Trotzdem durfte ich bleiben und mich in ihrem Partykeller niederlassen.

Zwei Tage später stellte mich Anna ihren Freunden vor, mit denen ich mich gleich auf Anhieb gut verstand. Mit Lars verstand ich mich besonders gut. Er war 20 Jahre alt und zeigte mir die Stadt Nürnberg und Umgebung, was ich ausgesprochen freundlich fand. Wir trafen einander immer öfter und öfter, wobei ich richtig arm dran war, weil alles, was ich hatte, meine Kleidung war, die ich trug, mein Personalausweis und was man halt so braucht.

So kam ich auf dumme Gedanken und fälschte meinen Ausweis, um an Handyverträge zu kommen, die ich anschließend verkaufte. Damit konnte ich mir was zu essen kaufen und mich über Wasser halten.

Mit der Zeit sagten mir die Eltern von Anna, dass ich mir eine andere Bleibe suchen müsse, und so fragte ich Lars, ob ich nicht zu ihm ziehen dürfe, nachdem ich bereits zwei Tage auf der Straße gelebt hatte. „Ja", antwortete der, „das ist doch kein Ding. Ich lass dich doch nicht auf der Straße wohnen." Und so zog ich zu ihm.

Die Verträge mit den Handys liefen ganz gut. Wenn ich eins hatte, verkaufte ich es schnell wieder. Wobei ich mich auf dem Ausweis älter machte, als ich war, um an Verträge zu kommen. So kam ich mit der Zeit an insgesamt neun Handyverträge und damit an einen Kredit bei Banken von 12.000 Euro. Nürnberg schien die richtige Stadt für solche Sachen zu sein.

Als ich mit der Zeit sah, dass alles klappte, versuchte ich es erneut, was ich lieber nicht hätte machen sollen, denn eine Verkäuferin bat mich bei so einem Kauf: „Kommen Sie in 20 Minuten wieder. Das System muss ich noch überprüfen. Das dauert 20 Minuten, dann können Sie wiederkommen."

Ich antwortete: „Ja. Kein Problem", und als ich nach 20 Minuten wieder erschien, wartete die Polizei bereits auf mich. Ich versuchte zu flüchten, doch ich scheiterte, als der Bulle mir das Bein stellte und ich hinflog. Auf dem Boden drückte mich der Polizist dann nieder, legte mir die Handschellen an, und von dort brachte man mich direkt in eine Zelle.

5
Inhaftierung

Das mit den Handschellen war kein tolles Gefühl. Es ging direkt zum Polizeirevier, wo man mich von allen Seiten fotografierte, mit Tintenfarben Fingerabdrücke nahm, und als sie noch herausfanden, dass ich von der Pflegefamilie abgehauen war, steckte man mich direkt in eine Zelle.
Kalt war es dort. Sehr kalt. Der Boden war gefliest, in einer Ecke lag ein Holzbrett zum Schlafen, die Toilette lag direkt neben dem Kopf, zusätzlich war es sehr dunkel, und nirgends konnte man nach draußen schauen.

Am nächsten Morgen, so um 11 Uhr, erschien ein Polizeibeamter und sagte mir, dass ich jetzt dem Haftrichter vorgeführt werde. Ich befürchtete, dass dies nicht gut gehen würde, da wir uns in Bayern befanden, wo man die Härte des Gesetzes zu spüren bekam. Ich wartete vier Stunden in der nächsten Zelle, bis ich drankam. Als es dann so weit war, ging es ganz schnell.

Mir wurden Urkundenfälschungen mit versuchtem Betrug in zwölf Fällen nachgewiesen.

Nach höchstens zehn Minuten sprach der Richter: „Gegen Sie, Herr Grönecke, erlasse ich einen Haftbefehl. Sie haben das Recht, einen Brief zu schreiben, und Sie haben auch das letzte Wort." Ich fing an zu weinen, was nicht viel nutzte. Man brachte mich in das Untersuchungsgefängnis, wo die Gefangenen auf ihren Prozess warten müssen. Dort saß ich dann sieben Monate, bis es zum Prozess kam.

Die U-Haft war nicht schön. Ich kam in eine Zelle, die ich mit noch drei Mann teilen musste. In der Zelle gab es ein

Buch und ein steinhartes Bett, auf das man sich erst nach 21 Uhr legen durfte.

Ich drehte erst mal durch. Mit meinen 16 Jahren kam ich damit nicht klar.
Das Frühstück, das man bekam, ähnelte eher einem Pfützen-Wasser als einem Kaffee, dazu gab es vier Scheiben Brot mit ein bisschen Wurst oder Käse.
Die Tage verbrachten wir in der Zelle, mit einer Unterbrechung von einer Stunde Hofgang. Die frische Luft tat gut, und auch Gespräche mit den anderen Gefangenen waren erlaubt.

Nach vier Monaten wurde mein Gerichtstermin beim AG Nürnberg anberaumt. Als ich den Gerichtssaal betrat, saß mein Freund Lars dort, der als Zeuge geladen war. Lars verfolgte das Verfahren, das vier Stunden dauerte, bis das Urteil gesprochen wurde. Am Ende erhielt ich vier Jahre Haft wegen Betruges mit Urkundenfälschung.

Davon wurde in drei Fällen nur ein versuchter Betrug mit Urkundenfälschung festgestellt.

Man brachte mich in eine Einrichtung für Jugendliche zwischen 14 und 18 Jahren. In diesen vier Jahren habe ich viel nachgedacht, wie es mit mir weitergehen sollte.

Auf jeden Fall versuchte ich dort meinen Schulabschluss zu machen, indem ich in den Unterricht ging, es kam jedoch nicht zum Abschluss, da es in dieser Einrichtung zu vielen Streitigkeiten kam.

Gleich am Anfang wurde ich zusammengeschlagen und erlitt eine Platzwunde am Kopf. Mein Jochbein wurde gebrochen sowie die Nase, nur weil ich neu war und meinen Einkauf nicht mit den anderen teilen wollte. Es war eine sehr harte Zeit für mich. Wenn ich aus dem Fenster schaute, waren nur fünf Meter hohe Betonmauern mit Draht zu sehen.

6
Offener Vollzug

Eines Tages kam eine Person aus dem offenen Vollzug zu mir zu Besuch, der Herr Müller hieß. „Hallo, Herr Grönecke. Ich bin der Leiter des Projektes ‚Chancen' und möchte Ihnen erklären, was das ist. Beim offenen Vollzug können Sie Ihre Haftstrafe außerhalb des Gefängnisses absitzen. Der Tagesablauf ist strukturiert und beginnt morgens um 6 Uhr mit einem vier Kilometer langen Joggen durch das Dorf. Danach gibt es Frühstück, und anschließend haben Sie die Möglichkeit, in einer Schule Ihren Schulabschluss zu machen oder auch eine Ausbildung zu beginnen."
Ich dachte nach, sah ihn an und antwortete: „O. K. Ich lass es mir durch den Kopf gehen." Er händigte mir ein paar Schreiben aus, in denen alles

detailliert erklärt wurde, und sagte mir beim Hinausgehen; „Lassen Sie sich dabei ruhig Zeit und geben Sie dann Ihrem Sozialarbeiter Bescheid."

Nach circa drei Wochen schrieb ich ein so genanntes Anliegen an die Behörde, dass ich meinen zuständigen Sozialarbeiter sprechen möchte. Als der erschien, teilte ich ihm mit, dass ich mich für das Projekt entschieden hatte, und er möge mich dort anmelden. Um zwei Uhr mittags erschien dann die Sozialarbeiterin und füllte mit mir zusammen das Anmeldeformular aus. Danach musste ich lange auf eine Nachricht warten, ob ich bei diesem Projekt überhaupt angenommen sei. Mittlerweile waren drei Monate vergangen, bis der Projektleiter sich bei mir im Knast meldete:
„Herr Grönecke, wir haben beschlossen, Sie in unserer Einrichtung aufzunehmen, jedoch mit der Auflage, dass es, wenn

Sie bei einer Situation eine Verweigerungshaltung einnehmen sollten, zu einer Rückführung ins Gefängnis kommt. Das sollten Sie wissen. Schließlich wollen Sie sich ja ändern und nicht wir." Ich schaute ihn zweifelnd an und bestätigte ihm dann doch das Gehörte. So unterschrieb ich den Vertrag mit dem angegebenen Passus. Eine Woche später war es dann so weit, und ich wurde abgeholt und sah vor mir die Freiheit und ließ den Knast hinter mir.

Mit einem Wagen ging es dann 45 Minuten zur Klosterkammer, in der Nähe von Hannover. Als wir dort ankamen, staunte ich nicht schlecht über die Anlage, in die ich jetzt sollte. Später konnte ich in meinem Zimmer über diese Einrichtung lesen, dass dies früher, nach der Reformation 1553, ein Frauenkloster gewesen war und später im 17. Jahrhundert, auch bedingt durch den 30-Jährigen Krieg, seinen Besitzer verloren hatte, da in der Folgezeit das Vermögen aller Klöster als einheitliche Masse vom Kurfürsten verwaltet wurde. Als dann 1714 Kurfürst Georg Ludwig von Hannover den englischen Thron bestieg, entwickelte sich in dieser Region eine zentrale Verwaltung für Klosterangelegenheiten. Im Jahre 1818 gab Herzogin Elisabeth von Gallenberg-Göttingen den ersten wichtigen Impuls auf dem Weg zur späteren Klosterkammer, die heute unter anderem einen Förderplan besitzt mit den Themen Kirche, Bildung und Soziales.

In dieser ehrfürchtigen Einrichtung angekommen, holte ich meine Sachen aus dem Auto, und man brachte mich in ein Zimmer, das ich mit einem anderen Jugendlichen teilen musste. Man stellte mir einen sogenannten Tutor zur Seite, der mir den Ablauf in dieser Einrichtung erklärte. So konnte man sich mit der Zeit bei guter Führung stufenweise hocharbeiten.

Der Tutor zeigte mir das Kloster und teilte mir mit, dass ich die ersten drei Tage das Zimmer nicht verlassen dürfe, außer wenn ich mich reinigen oder zu essen wolle. Nach diesen drei Tagen musste ich einen Schultest absolvieren, bei dem ich folgende Fragen beantworten sollte: die Grundnormen der Einrichtung, den Namen des Trainers sowie Fragen des Tagesablaufs. Ich schaffte den Test mit nur zwei Fehlern und kletterte damit von der Stufe der Neulinge auf die Stufe der Sammler. Die Stufe der Sammler dauerte zehn Wochen, danach musste ich wieder einen zweiten Test bestehen, bei dem ich bestimmte Kriterien erfüllen musste, wie z. B. einen Gruppenabend vorbereiten sowie leiten und anschließend drei Trainern eine Rückmeldung geben. In diesen zehn Wochen arbeitete ich viel, zum Beispiel sägte ich zwei Kubikmeter Holz mit einer Handsäge.

Der Tagesablauf in dieser Einrichtung war nicht leicht. Der Tag begann pünktlich um 6 Uhr morgens mit dem morgendlichen Vier-Kilometer-Joggen durchs Dorf.

Mit der Zeit fühlte ich mich in der Einrichtung wohl und so frei wie noch nie in meinem Leben, so dass ich nach circa sechs Wochen einem Trainer, der auch mein Bezugstrainer war, eine Rückmeldung gab, dass ich nichts Negatives über mein Leben im Kloster sagen könnte und ich alles perfekt fände. Es war ein Trainer, der nicht nur seine Arbeit bei uns absolvierte, sondern sich richtig um uns kümmerte und, wenn nötig, auch nach seiner Arbeitszeit noch dablieb, um sich den Kummer der Jugendlichen anzuhören. Dies fand ich richtig cool.

Nach der zehnten Woche musste ich erneut zu einem Test, wobei der noch schwieriger wurde als die zuvor. Ich bestand auch diesen mit links. Nachdem ich den Test abgeliefert hatte, ging ich auf eine Zigarettenpause raus, während die Bewertung über mich lief. Nach dieser Zigarettenpause holte man mich wieder rein und teilte mir mit, dass ich ihn wieder bestanden und nun die Stufe A erreicht hätte.

Bevor ich jedoch in die Stufe A kam, musste ich vier Wochen lang die Kriterien zu der Stufe B leisten. Damit erhielt ich das Privileg, ein Einzelzimmer zu beziehen. Bei der Prüfung der Stufe B erhielt ich zehn Aufgaben, die ich erledigen sollte und jedes Mal danach dem Gruppenleiter melden musste, wie zum Beispiel einen Gruppenabend mit mindestens 15 Personen zwei Stunden ohne Unterbrechung zu leiten.

An diesem Tag schien die Sonne vom Himmel, und ich beschloss, eine Aktion im Freien anzusetzen. Der Klostergarten besaß eine große Kletterwand, die ich mir für meine Aktivitäten aussuchte. Jeder der Teilnehmer sollte darin klettern, wie er wollte und es ihm Spaß machte. Kevin, ein Mitbewohner, kam zu mir und sagte; „Chris, wetten, dass du es nicht schaffst, als Erster ganz oben zu sein." Ich schaute Kevin an und antwortete: „O. K., komm, wer als Erster oben ist, hat gewonnen." Ich suchte mir eine Route aus und Kevin auch, wobei ich nicht wusste, dass es schwere und leichte Aufstiege gab und dass man nur an einer Farbe raufklettern durfte. Es war warm, die Sonne heizte die Luft auf über 30 Grad auf.

Ich verlor, da ich mir aus Unwissenheit eine etwas schwierige Route ausgewählt hatte. Mir war das egal, da mir ein guter Teamgeist und dass alles glattlief am wichtigsten war.

Am nächsten Tag lobte mich der Trainer, dass ich den Gruppenabend beziehungsweise Tag gut geschafft hätte, so dass man mir beim nächsten Teamgespräch mitteilte, dass ich zum Kandidaten B aufgestiegen sei. In diesem Moment war ich nur noch stolz und glücklich.

Die letzte Stufe, die vor mir lag, war die des Tutors.

Mit der Stufe B besaß ich das Privileg, Musik mit Lichterketten zu nutzen sowie zwei Telefonate mehr zu führen und, wie berichtet, erhielt ich auch ein Einzelzimmer.

Ich wurde übermütig und ließ mir von einem Besucher ein Handy mitbringen, was verboten war. Nach ein paar Tagen wurde ich auch prompt von einem Trainer beim Telefonieren erwischt. Es kam zum Streit, der so stark eskalierte, dass ich sogar handgreiflich wurde und den Trainer zu schlagen versuchte. Darauf erfolgte ein erneutes Teamgespräch, bei dem man mich auf die Stufe der Sammler herunterstufte.

Ich besaß inzwischen sieben Einheiten

von zwölf und war so frustriert über diese Abstufung, dass ich beschloss, das Kloster zu verlassen, und mich daher auf eigenen Wunsch in den Knast nach Nürnberg zurückführen ließ.

7
Zurück im Gefängnis

Als ich in Nürnberg ankam, wurde mir erst bewusst, was ich mir mit meinem Abgang aus dem Kloster verscherzt hatte. Es war nicht cool, wie ich mich vor den Jungs fühlte. Dort wurde mir wieder so viel klar. Tröstlich war nur, dass sich meine Strafe dem Ende zuneigte. Nur besaß ich jetzt in der JVA keine Arbeit, da ich im Gefängnis wie ein neuer Häftling angenommen wurde und es sich zusätzlich wegen vier Wochen, die ich noch absitzen musste, nicht lohnte zu arbeiten. Ich besaß ja alles, was ich brauchte, wie einen Fernseher, ein Radio und ein Bett.

In dieser Zeit des Nichtstuns versuchte ich mich auf die Entlassung vorzubereiten, indem ich mir einen Plan machte, was ich draußen alles besser machen wollte, um nicht wieder in den Knast zu kommen. So machte ich mir zum Beispiel für den Tabakverbrauch eine Planung, wobei ich befürchtete, dass das alles nicht so funktionieren würde, wie ich mir das vorstellte. Trotzdem wollte ich es versuchen.

Als ich aus dem Fenster schaute, stellte ich fest, dass es regnete und windig war. Auch hier im Knast spielte das Wetter eine Rolle. Man wird es nicht glauben, trotzdem ist es so. So wie das Wetter war, so war ich auch drauf, nur umgekehrt. War das Wetter schön und gut, so war ich stinkesauer und genervt. War das Wetter jedoch schlecht, so ging es mir besser, da ich mir immer vorstellte, was ich denn sonst draußen machen würde. Da würde ich auch nur daheimsitzen und nichts tun.

Ich versuchte mich hinzulegen, aber es ging nicht, da mein Zellengenosse extrem schnarchte und im Schlaf redete. Also versuchte ich mich abzulenken und fing an, Texte zu schreiben. Rap-Texte, obwohl ich nicht so der Rap-Fan bin. Ich mochte lieber Techno oder Goa. Ich träumte, groß rauszukommen, zum Beispiel als DJ, denn ich liebe Musik. Musik ist, was die Menschen im ganzen Leben verbindet und auch unterhält.

Ich schrieb die ganze Nacht einen Text bzw. versuchte es, bis mein Zellengenosse durch das Licht wach wurde. Er regte sich furchtbar über das Licht auf und maulte mich an: „Ej, du Pisser, mach das Licht aus, sonst knallt es hier so richtig. Wenn du mich verarschen willst. Es ist mittlerweile 3 *Uhr nachts,*

Alter. " *Ich* schaute ihn aggressiv an und antwortete: „Halt mal dein dummes Maul, Alter. Was denkst du dir eigentlich, mich Pisser zu nennen." Mein Zellengenosse stand auf, haute mir mit der Faust ins Gesicht, worauf ich zurückschlug. Jemand aus dem Trakt schlug Alarm, so dass die Beamten, insgesamt neun Mann, in unsere Zelle stürzten und uns auseinanderhielten. Danach verlegte man uns in den Keller, wo der Bunker lag.

Dort war es noch schlimmer als in den Zellen, da sich dort nur eine Matratze befand, sonst nichts. Kalt war es da drinnen. Drei Tage lang mussten wir dort büßen. Die Freizeit wurde gestrichen und nur eine Stunde Hofgang an der frischen Luft, die um 16:30 Uhr stattfand, gestattet. Es frustrierte mich, dass das niemanden zu interessieren schien.

Im Bunker ließ man mir ein Buch als

Beschäftigung. Ich lehnte die Matratze an die Wand und boxte und trat dagegen, um meinen Frust abzubauen. Nach ein paar Minuten erschien ein Justizbeamter, fixierte mich und sagte, dass man das nicht dürfe. Als ich das nicht akzeptierte und weitermachte, fesselten sie mich an das Bett, was richtig ungemütlich war. Man zog sieben Gurte über mich, die mich fest fixierten. Wenn es mich irgendwo juckte, war das denen egal. Nur zum Essen wurden die Fesseln gelöst, und wenn ich auf die Toilette musste, so war das auch kein richtiges WC, sondern im Boden eine gestanzte Öffnung, auf die ich mich setzen musste. Ich fand es einfach ekelhaft.

In diesen drei Tagen Bunker ging mir erst durch den Kopf, was ich eigentlich getan hatte. Im Prinzip nichts, außer dass ich mich gewehrt hatte. Dafür nicht nur drei Tage Bunker bekommen, sondern auch noch eine Anzeige kassiert und das nur, weil ich einen Text geschrieben hatte.

Da unten gab es noch nicht mal ein Fenster, nur so ein komisches Lüftungssystem. Es war schrecklich. Irgendwann kam dann eine Durchsage für den Hofgang, über die ich mich dermaßen freute wie ein kleines Kind, das etwas Süßes bekommt.

Im Hof wurden wir aus Sicherheitsgründen verteilt. Die erste Zigarette nach Tagen war ein Genuss, speziell wie sich meine Lunge mit dem ersten Rauch füllte. Im Knast war ich zum starken Raucher geworden, was mich plagte, da ich als Nichtraucher in den Knast reingekommen war. Im Hof nahmen mich andere Jugendliche in ihre Gruppe auf, die Tischtennis spielten und dann noch Basketball. In dem Moment war ich nur glücklich. Andere Gefangene spielten Karten, ein Spiel, das sich Durak nennt und von russischen Gefangenen im Gefängnis eingeführt wurde.

Nach einer Stunde war der Hofgang zu Ende, was ich bedauerte, da ich den Bunker in dieser Stunde Hofgang bereits vergessen hatte. Man brachte mich wieder da rein, was ich schrecklich fand, wobei mich die Tatsache tröstete, dass der Tag bereits so gut wie überstanden war und meine Haft in zwei Tagen vorbei wäre und ich wieder nach Hause könnte. Im Bunker kam ich wieder ans Fessel-Bett, leider, und natürlich wieder mit einem Aufpasser in der Zelle, was mich beim Einschlafen störte. Ich weiß nicht, wie es Ihnen geht, aber wenn ich weiß, dass da jemand sitzt, der mir beim Schlafen zuschaut, finde ich das nicht normal, so dass ich durchdrehte und den Beamten anschrie: „EJ!!! verpiss dich. Ich will meine Ruhe und meine Privatsphäre haben. Das gibt's doch nicht, dass ein Justizbeamter mir beim Schlafen zuschaut."

„Hier, Herr Grönecke", drohte mir der

Beamte, „seien Sie mal nicht so vorlaut und seien Sie still und halten Ruhe."

„Was wollen Sie", sagte ich, „ich dreh am Rad, mein Lieber. Soll ich Ihnen mal die Fresse polieren oder was", drohte ich unrealistisch dem Beamten, da ich angeschnallt auf einer Pritsche lag.

„Herr Grönecke", antwortete daraufhin der Beamte, „ich ruf jetzt die Ärztin, die Ihnen eine Beruhigungsspritze geben soll."

Fünf Minuten später erschien die Ärztin und verpasste mir eine Spritze, so dass ich still wurde und einschlief.

Am nächsten Morgen durfte ich zurück in meine Zelle, da ich am folgenden Tag entlassen werden sollte.

8
Wieder in Freiheit

Am Tag der Entlassung kam ein
Beamter in meine Zelle und teilte mir
mit: „Herr Grönecke, bitte packen Sie
Ihre Sachen zusammen, und wenn Sie
fertig sind, melden Sie sich per
Rufanlage, dass wir Sie holen können."
Ich freute mich wie ein Schneekönig
und hüpfte vor Freude durch die Zelle.
Ich war der Meinung, dass ich noch nie
so glücklich gewesen war wie damals.
Die Sonne schien, besser konnte es
nicht werden. Nach circa zehn Minuten
drückte ich auf die Rufanlage und gab
Bescheid, dass ich abgeholt werden
könne. Der Beamte antwortete, dass er
in zehn Minuten komme. Ich rauchte
noch eine Kippe und trank mein letztes
Cola zu Ende, das ich noch vom
Einkauf besaß. Den Tabak und alles das,
was ein anderer noch gebrauchen

konnte, ließ ich für den Neuling zurück, da ich mir draußen nun alles neu kaufen konnte, und ich wollte bei meinem jetzigen Glücksgefühl dem nächsten Unglücklichen, der diese Zelle nach mir beziehen musste, etwas Gutes tun.

Als der Beamte erschien, verabschiedete ich mich von den Jungens, und dann ging eine Türe auf und der Beamte klärte mich auf: „Wir gehen jetzt erst zur Kleiderkammer. Da erhalten Sie Ihre Klamotten sowie Wertsachen zurück. Zusätzlich bekommen Sie ein Heimticket sowie Ihr Geld, das Sie sich für Ihre Arbeit bei uns verdient haben, damit Sie sich fürs Erste Ihr Leben finanzieren können. Anschließend verlassen Sie uns durch die große Türe in die Freiheit."

Nach einer guten Stunde ging die Türe zur Freiheit auf, und als ich rausging, wartete dort ein Freund auf mich.

Die Freude war groß, da ich nicht damit gerechnet hatte, dass meine Freunde mich nicht vergessen hatten.

Am Hauptbahnhof lud ich ihn auf einen Döner ein. Ich besaß ja jetzt 1.500 Euro Überbrückungsgeld vom Knast und konnte somit großzügig sein. „ICH BIN FREI!!", schrie ich auf einmal ins Bahnhofsgebäude und entlud damit meine Anspannung. Wobei mir bewusst war, dass ich mir ab sofort nichts mehr zuschulden kommen lassen durfte, denn wieder in den Knast wollte ich ums Verrecken nicht mehr.

Da ich nicht wusste, wohin, machte ich mich auf den Weg zu meinem Patenonkel, der in Frankfurt lebte. Nach vier Stunden im Zug war ich froh, wieder in meine Heimatstadt Frankfurt zu kommen. Dort erwarteten mich am Hauptbahnhof mein bester Freund Nikola sowie Emre, die mich mit dem Auto zu meinem Onkel brachten.

Auf der Fahrt quetschten mich Emre und Nikola aus, wie es so im Knast gewesen war und was da alles so passiert sei. So erzählte ich ihnen von den Höhen und Tiefen des Eingesperrtseins, von den Schlägereien, dass ich gearbeitet hatte, und vom Bunker, in den man kam, wenn man Einzelhaft erhielt.

„Das Eingesperrtsein ist nicht besonders schön, und ich rate jedem ab, jemals dort zu landen", riet ich beiden. Darauf Nikola: „Ich gehe niemals in den Knast. Das verspreche ich dir, Chris."

Ich sah ihn an und meinte nur: „O. K., wenn es so ist, dann ist es so. Trotzdem danke ich dir, dass du mich abgeholt hast und mich in dieser Zeit im Gefängnis auch einmal besucht hast. Zumindest war das eine Mal besser als gar nicht. Na ja, zumindest bin ich jetzt erst mal froh, in der Freiheit zu sein, und will mit dem Knast vorerst auch nichts mehr zu tun haben."

Für heute beschlossen wir erst mal meine Entlassung zu feiern und die Sau mal richtig rauszulassen.

Damit fing mein größtes Problem an. Mein Geld, das ich mir mühsam im Knast erarbeitet hatte, schmolz in null Komma nix weg. Das meiste ging für Marihuana drauf.

Auf der Fahrt machten wir uns zu einem Dealer auf, um Gras zu kaufen, wobei mir bewusst war, dass das, was wir taten, nicht gerade legal war. Es dauerte nur drei Minuten, dann waren wir auch schon wieder fort vom Dealer.

Wir machten uns auf den Weg zu einem nahe gelegenen Park, wo wir unsere eingekaufte Ware rauchen wollten. Die Sonne schien, und mit dem blauen Himmel schien die Welt uns um die Wette zu beglücken. Wir lagen auf einer Decke, die wir auf einer Wiese ausgebreitet hatten, und rauchten bei einer milden Brise, wie früher, einen Joint. Nach ein paar Zügen war ich bereits im Rausch, und ich fühlte mich wohl und frei. Wir tranken auch einen eisgekühlten Jägermeister, außer meinem Freund, der noch Auto fahren musste, und weil er nicht unter Drogen und Alkohol am Steuer erwischt werden wollte, unterstützten wir ihn in seiner Abstinenz. Auch ich hatte auf einen Unfall keine Lust. Das war das Letzte, was ich jetzt gebrauchen konnte.

Nach einiger Zeit brachen wir zu Emres Wohnung auf, wo wir bis zum späten Abend bleiben wollten, um anschließend in der Diskothek A 66 weiterzufeiern. Dort läuft in der Regel eine Hip-Hop-Musik, und diese Disco besitzt auch eine schöne Bar.

Als wir uns auf den Weg dorthin machten, kam mir die Autofahrt, mit den Drogen und Alkohol im Blut, wie eine Achterbahn vor. Mit der Musik, die wir auf laut gestellt hatten, fand ich alles genial, bis die Polizei uns stoppte, uns rauszog und eine Kontrolle durchführte, was mich in diesem

Moment echt nervte. Wobei sie nur Nikola kontrollierten und uns anderen in Ruhe ließen. Warum auch immer. Darüber war ich echt froh. Nach circa einer halben Stunde durften wir weiter.

Vor dem Barbesuch kauften wir bei Rewe noch was zu trinken, was uns günstiger kam als in der Bar. Im Parkhaus stellten wir das Auto ab, bevor wir zu Rewe gingen.

Nach dem Einkauf soffen wir im Auto alles leer, was wir an Alkohol eingekauft hatten, und das schnell, damit die Wirkung erst in der Bar zum Tragen kam und nicht beim Betreten dieser. Diese Vorgehensweise schien uns die gescheiteste zu sein, damit wir dem Türsteher nicht auffielen und der nicht überlegte, ob er uns überhaupt reinlassen sollte.

Es funktionierte, genau wie wir es uns das ausgedacht hatten. Die Musik, die uns empfing, war cool, die Atmosphäre toll, besser konnte es nicht sein. Wir blieben die ganze Nacht im Klub, bis das Lokal um 4 Uhr schloss und wir es verlassen mussten, was uns überhaupt nicht gefiel.

Ich war der Letzte, der die Räumlichkeiten verließ, und hatte auch keine Lust, nach Hause, zu meinem Onkel, zu gehen. So beschlossen wir, im nahe gelegenen Supermarkt, der rund um die Uhr geöffnet hatte, noch was Alkoholisches zu holen. Meine zwei Freunde und ich gingen rein, wobei wir alle kein Geld mehr besaßen. In der Alkohol-Abteilung stopfte ich meinen Turnbeutel voll Dosen im Wert von 100 € und rannte raus und die Detektive uns hinterher. Fünf Straßen weiter erwischte mich die Polizei und nahm mich fest. Meine zwei Freunde eine Straße weiter genauso.

Bei der Polizei nahmen sie uns Blut ab und verfrachteten uns getrennt in diverse Zellen. Hier alleine und am nächsten Morgen nüchtern, wurde mir erst wieder bewusst, was ich eigentlich da wieder getan hatte und ärgerte mich über mich selbst.

Nach gefühlten 15 Stunden durften wir gehen, wobei diese Zellen schlimmer als die im Knast waren. Sehr kalt, ekelhaft und nass. Auf jeden Fall nicht empfehlenswert.

9
Die nächste Freiheit

In den folgenden Wochen und Monaten besuchte ich den Bewährungshelfer nur ab und zu und ging auch nur ein paar Mal zu den sozialen Arbeiten, die man mir auferlegt hatte. Ich besaß null Antrieb, alles wurde mir egal, und ich nahm damit die Bewährung auf die leichte Schulter.

Irgendwann stellte ich auch die Besuche beim Bewährungshelfer ein und ging auch nicht mehr zu den sozialen Arbeiten. Wobei mir klar war, dass damit der Haftbefehl aktiviert wird, wenn ich meine Auflagen nicht erfülle.

Am 26. 8. 2015 war es dann so weit, dass ich unterwegs in eine Routinekontrolle geriet, wo man mich auf Drogen und Waffen durchsuchte, was Gott sei Dank negativ verlief.

Es gab jedoch einen Haken dabei, denn die Polizisten starteten eine Personenabfrage in der Zentrale, indem sie meine Daten ins System eingaben und über Funk die Antwort erhielten, dass ein Haftbefehl gegen mich vorliege. Sie nahmen mich fest, und als wir auf der Polizeiwache ankamen, sagte ich, dass ich mich mit Selbstmordgedanken trage und krank sei. Daraufhin holten sie einen Amtsarzt, und als der erschien, stellte er mir ein paar Fragen, worauf ich ihm die gleiche Geschichte erzählte wie der Polizei, dass ich, wenn sie mich in die Zelle setzen, meinen Kopf so lange gegen die Wand klatsche, bis ich tot wäre.

Darauf stellte der Amtsarzt fest: „Sie sind haftunfähig", und ich durfte gehen, jedoch mit der Auflage, mich in drei Monaten wieder beim Arzt zur Nachkontrolle einzufinden.

Dabei hatte ich sie ja alle nur verarscht und etwas erfunden, damit ich weiter draußen bleiben durfte. Damit verließ ich mit dem Kollegen, den die Polizei auch bei der Kontrolle zur Wache gebracht hatte, die Polizeiwache, und von dort gingen wir zum Kumpel nach Hause.

In dieser Zeit besaß ich selbst keine Bleibe und wohnte vorübergehend bei diesem Kollegen. Mit dem begingen wir Straftaten, um unser Leben mit Drogen und Alkohol zu finanzieren. Wir raubten Läden aus, in die wir einbrachen, schlugen unschuldige Menschen und klauten Autos.

Als wir einmal besoffen in einen Frankfurter Rewe-Markt gingen, stopften wir im zweiten Stock meinen Turnbeutel voll mit Alkohol, und als wir, ohne zu bezahlen, wieder gehen wollten, folgte uns ein Ladendetektiv, worauf ich flüchtete und zwei Straßen weiter von der Polizei gefasst wurde. Es war bereits spät, so gegen 00:00 Uhr.

Ich schubste die Polizei von mir fort, als man mich festnehmen wollte. Einen davon schlug ich auch, so dass ich ihm den Unterarm brach. Daraufhin erwischte mich einer seiner Kollegen und legte mir Handschellen an, wobei sie mich gegen das Fahrzeug drückten.

Von dort brachten sie uns zwei zur Polizei-Dienststelle, wo man uns wieder in eine Zelle steckte.

Als uns die Polizei über den Hergang befragen wollte, verweigerten wir die Aussage, so dass man uns nach der Erfassung unserer Identität zum Glück wieder nach Hause entließ.

Inzwischen wurde ich sozusagen ein echt dicker Fisch für die Richter mit meinem räuberischen Diebstahl, gefährlicher Körperverletzung sowie Widerstand gegen Vollstreckungs-beamte und Beamtenbeleidigung.

Am nächsten Tag war es mir wieder

egal, was meine Straftaten anbetraf.

Das Adrenalin, das nach den Straftaten meinen Körper erfüllte, war wie eine Sucht. Ich fand es richtig geil, und Leute, die ich schädigte, taten mir auch nicht leid. Als Ausrede dachte ich mir immer: „Was soll ich denn auch machen." Ich war obdachlos, ich wohnte in einer Übernachtungsstätte für Obdachlose und hatte kein Geld. Also musste ich mir welches organisieren. Klamotten brauchte ich auch, und so ging ich zur Bank und machte mir ein Konto auf.

Es dauerte eine Woche, bis ich die Karte erhielt. Mit der ging ich dann als Erstes in Einkaufsgeschäfte und kaufte mir Klamotten im Lastschriftverfahren und verschwand dann wieder. Das machte ich viermal, immer mit einer anderen Bank und mit anderen Läden. Es lief prima, so dass ich übermütig wurde und in einem Handygeschäft Verträge abschloss. Die Handys verkaufte ich direkt weiter, bis auf eines, das ich behielt. Das Geld benötigte ich, um wenigstens Geschenke für Weihnachten für meine Familie besorgen zu können. Als ich dann meine Familie fragte, ob ich mit ihnen Weihnachten feiern darf, sagten sie alle Nein. Ich fragte meinen Onkel und viele weitere Menschen. Keiner wollte mich sehen. Sie sahen in mir nur den Verbrecher. Das tat mir schon sehr weh. So verbrachte ich Weihnachten im Obdachlosenheim, wo ich mich zukiffte und mit Ecstasy voll berauschte. In diesem Rausch wollte ich auf eine Party in die Drogenszene gehen, um dort mit Gleichgesinnten zu feiern, wofür ich Geld benötigte. Damit fing wieder die Beschaffungskriminalität bei mir an.

In der darauffolgenden Zeit ging ich nur noch feiern und konsumierte nur noch Drogen sowie Alkohol. Als ich irgendwann vom Arbeitsamt Post erhielt, in der man mich zum Gespräch vorlud, keimte in mir die Hoffnung auf, ein normales Leben führen zu können.

So erschien ich um 9 Uhr morgens beim Arbeitsamt und hörte mir an, was die zu sagen hatten. Für mich klang alles sehr positiv.

Sie gaben mir den Rat, mich bei einer Zeitarbeitsfirma zu bewerben, und dass es gut aussehen würde, wenn ich dort eine Stelle erhielte. So ging ich hin und gab meine Bewerbung ab. Am nächsten Tag bereits solle ich wiederkommen, wurde mir beschieden.

Am nächsten Tag erhielt ich den Job und konnte sofort anfangen. Ich wurde einer Baustelle zugewiesen, die Fenster einbaute. Die Arbeit machte mir anfangs viel Spaß, so dass ich den Job einen Monat lang gut machte. Dann fing ich an zu verschlafen, krank zu machen, und die Faulheit hielt mich im Griff. Danach kündigte man mir, und ich erhielt „Arbeitslosen-Geld II", mit dem ich mir Drogen besorgte.

Ich berauschte mich wieder und sank tief in die Agonie.

An Silvester besuchte ich eine Party, in der ich vom Jahr 2015 auf 2016 hinüberschlitterte. Vier Tage nur Dauerrausch, bis ich mit einer Vergiftung, die lebensbedrohlich wurde, in die Klinik musste.

Ich schaffte es gerade noch so, und als ich die Klinik verlassen durfte, rief ich einen Freund an, der in Offenbach wohnte, und fragte ihn, ob es okay wäre, wenn ich für ein paar Tage bei ihm schlafen würde, da ich keine Wohnung besäße. Das war am 7. 1. 2016. „Na klar", antwortete der spontan, „komm zu mir. Ich lass dich doch nicht auf der Straße stehen." Darauf dankte ich ihm und machte mich auf den Weg zu ihm. Als ich dort angelangt war, half er mir die paar Sachen, die ich noch besaß, in seine Wohnung zu bringen.

Dort machten wir es uns gemütlich und

besprachen meine Situation, dass ich mich um eine Wohnung und einen neuen Job kümmern müsse. Bis dahin könne ich bei ihm wohnen. Nur dauerte das, was ja klar war. Noch mal so eine Chance, von heute auf morgen eine Wohnung und einen neuen Job zu erhalten, so ein Glück wie davor konnte man nicht so schnell wieder erwarten.

Am Wochenende gingen wir feiern, wo es richtig geil wurde. Um 6 Uhr morgens kamen wir heim und legten uns direkt schlafen.

Am nächsten Tag traf ich mich mit einem anderen guten Kollegen, es war der 13. 1. 2016, und machte mich mit ihm auf den Weg nach Königstein zu einem Dealer von mir. Wir benötigten etwas zu rauchen, da ich nicht mehr viel besaß.

Wir fuhren mit der S-Bahn zum Frankfurter Hauptbahnhof, wo wir circa 15 Minuten später ankamen. Für die Verbindung nach Königsstein hatten wir drei Minuten Zeit, so dass wir zum nächsten Zug rennen mussten, um den Anschluss zu erreichen. Wir ärgerten uns maßlos, als wir diesen Zug nur noch von hinten sahen. Der Zug fuhr uns vor der Nase einfach davon. Wir ärgerten uns richtig, da wir jetzt eine halbe Stunde auf den nächsten Zug warten mussten, daher schlug ich meinem Freund vor: „Lass uns so lange in die Einkaufspassage gehen und dort einen Joint rauchen, dann geht die Zeit schneller rum."

Ich rief meinen Dealer an und sagte ihm Bescheid, dass wir den Zug verpasst hätten. Er meinte, das wäre o. k., da er eh daheim sei und wir uns ruhig Zeit lassen könnten.

Als wir in der Einkaufspassage ankamen, setzten wir uns auf eine Bank, holten das Zeug raus und bauten den Joint.

Da bemerkte mein Kollege, der Martin hieß: „Chris, wir haben Besuch, der nicht grade toll ist." „Labere mich nicht voll", antwortete ich.

Darauf sagte der Besuch: „Einen schönen guten Tag, die Polizei, einmal die Ausweise bitte." Ich schaute nach oben, ließ den Joint fallen und zerstörte ihn mit dem Fuß, damit man keine Beweise bei mir sicherstellen konnte. Ich war geschockt, da ich ja wusste, dass man mich mit einem Haftbefehl suchte. Und jetzt war es zu spät für eine Flucht, da es fünf Polizisten waren und ich damit keine Chance sah abzuhauen.

Als sie meinen Ausweis in den Händen hielten, gaben sie eine Abfrage an die Zentrale und erhielten eine positive Nachricht mit dem Haftbefehl. Darauf machten die Handschellen klick, klack und ich war weg. Martin sah nur geschockt zu.

Später besorgte er mir einen Anwalt und gab mir den Rat: „Schau, dass du eine Haftunfähigkeit hinbekommst." Auf jeden Fall versuchte ich es wieder so, dass man mich wieder zum Amtsarzt brachte, der mich bereits von früher kannte und meinte: „Jetzt reicht es. Jetzt marschieren Sie von hier in die Zelle, Sie erhalten eine Schlaftablette, und dann ist Ruhe."

Am nächsten Tag wurde ich mit Handschellen dem Haftrichter vorgeführt, der mich in die Untersuchungshaft schickte, von wo mich die Polizei in den Knast brachte. Ab da wurde mir wieder bewusst, dass ich wieder Scheiße gebaut hatte.

Mein Freund Martin besorgte mir, wie versprochen, einen Anwalt, der wenige Tage später im Knast erschien und mir mitteilte, dass es sehr schlecht um mich aussehe: „Ich denke, dass man Ihnen eine Jugendstrafe von bis zu zwei Jahren Haft gibt und die Hauptverhandlung in circa einer Woche sein wird."

Die Post, dass ich am 22. 2. 2016 die

Hauptverhandlung habe, erhielt ich kurze Zeit nach dem Besuch meines Anwaltes.

Am 22. 2. 2016 ging ich dann zur Verhandlung, die drei Stunden dauerte. Die Anklage lautete auf Beleidigung, Bedrohung, gefährliche schwere Körperverletzung, Betrug in zwölf Fällen, Diebstahl in drei Fällen, räuberischen Diebstahl, Fahren ohne Führerschein und Erschleichen von Leistungen.

Für all das erhielt ich eine Jugendstrafe von vier Jahren und zwanzig Monaten.

Nach der Urteilsverkündung brachte mich der Wärter wieder in meine Zelle des Justizgebäudes und danach wieder in die Justizvollzugsanstalt. Ich war so verwirrt, dass ich nicht mehr wusste, was ich machen sollte, und beschloss. „O. K. Augen zu und durch.“

10
Jugendarrest

Als ich in der JVA ankam, rastete ich erst mal in der Zelle richtig aus, bis ein Beamter erschien und sagte: „Es reicht", mich zu einem Gespräch holte und mir erzählte, wie es im Knast zugehe.

„Herr Grönecke. Ich erzähle Ihnen nun ein paar Dinge über die Anstalt. Sie bekommen jeden Tag eine Stunde Hofgang und eineinhalb Stunden Freizeit. Solange Sie keine Arbeit erhalten, können Sie sich ein Fernsehgerät für 8 € im Monat mieten. Im Moment müssen wir für Sie noch eine Arbeit suchen. Wenn Sie dann eine Arbeit haben, können Sie Taschengeld beantragen, das im Monat circa 35 € beträgt. Davon können Sie sich dann beim Einkauf, der einmal im Monat stattfindet, Tabak und Lebensmittel sowie Hygieneartikel bestellen und auch das TV-Gerät bezahlen.

Was die Arbeit anbetrifft, sollten Sie uns sagen, wo Ihre Interessen und Stärke liegen. Wir besitzen einen Maurerbetrieb sowie Küche, eine Tischlerei und eine Bäckerei sowie eine Schlosserei und Gebäudereinigung.

Bei uns können Sie auch eine Schule besuchen, in der Sie einen Hauptschulabschluss oder auch einen Realschulabschluss nachholen können, und auch in den Betrieben eine Ausbildung starten. Davor müssten Sie jedoch zwei Qualitätsbausteine durchlaufen, die je drei Monate dauern, mit anschließenden Prüfungen. Wenn Sie Besuch von Angehörigen erhalten möchten, müssen Sie ein Anliegen einreichen, mit den Namen und der Adresse der Besucher. Sie haben auch die Möglichkeit, Sport in Gruppen zu besuchen, wenn Sie möchten, wobei Sie auch dafür ein Anliegen schreiben müssen. Hier funktioniert alles nur, wenn man ein Anliegen einreicht und man was haben möchte. In jeder Wohngruppe gibt es einen Sozialdienst, der mit einem alles erledigt, wenn man es nicht allein hinbekommt und auch wenn man noch weitere Fragen haben sollte."

Der Beamte schaute mich an und schloss seinen Vortrag mit den Worten: „Wenn Sie jetzt keine weiteren Fragen haben, Herr Grönecke, dann werde ich Sie jetzt wieder in Ihre Zelle bringen."

„Ich habe doch noch eine Frage", meldete ich mich und rührte mich nicht von der Stelle, „was ist denn mit der Arbeit? Ich möchte gerne eine Ausbildung zum Maurer machen. Ist das denn hier möglich?"

„Ich werde mal für Sie nachfragen und dann Ihrem Sozialdienst Bescheid geben. Der wird dann noch mal die Tage mit Ihnen reden."

„O. K., alles klar", antwortete ich.

„Gut, dann bringe ich Sie wieder in

Ihren Haftraum."

Ich schmorte wieder in der Zelle und wartete darauf, ob man mir einen Fernseher bringen würde, was ja bei Neulingen nicht selbstverständlich war. Irgendwann fragte ich beim Sozialdienst nach und der meinte:

„Ja, der wurde Ihnen genehmigt und Sie werden den noch heute bekommen."

Ich war froh über diese Nachricht, denn damit besaß ich wenigstens eine kleine Ablenkung, und die Tage würden ohne Arbeit und sonstige Beschäftigung schneller vergehen.

Um 18:30 Uhr erschien ein Beamter in meiner Zelle und übergab mir das TV-Gerät. „Wenn Sie Probleme mit dem Gerät haben oder es beschädigen, müssen Sie 200 Euro Entschädigung zahlen."

„Der hat doch eine Meise", dachte ich, „aber egal." Jedenfalls nahm ich mir vor, einfach gut damit umzugehen. Ich probierte das Gerät sofort aus, war aber so müde, dass ich nach einer Weile einschlief

.

Am nächsten Morgen um 6 Uhr ging bereits meine Zellentüre auf, um mich aufzuwecken, danach wurde sie gleich wieder geschlossen, und da ich nichts vorhatte, schlief ich weiter. Um 11 Uhr kam dann die Durchsage: „Sport-Rufanlage", worauf ich mich fertig machte, um was Gutes für meinen Körper zu tun, denn schließlich und endlich hatte ich ja in der Freiheit draußen, außer zu feiern, Drogen zu konsumieren und Alkohol zu trinken, nichts gemacht.

Beim Sport mussten wir uns erst warmlaufen, danach spielten wir eine Stunde lang Volleyball und danach brachte man uns wieder in unsere Zellen.

Sport wird sogar in der U-Haft bezahlt, was auch schon mal gut ist.

Am späten Nachmittag erschien mein Anwalt, der mich über meine Lage aufklärte. Am 22. 2. 2016 habe man meine Gerichtsverhandlung angesetzt und es sehe nicht aus, als ob ich früher rauskommen könne. Stattdessen solle ich mich darauf einstellen, eine lange Haftstrafe zu erhalten. Zum Trost meinte er noch, dass es auf jeden Fall unter zwei Jahren werden würde, was mich nicht tröstete, sondern nervte.

11
Gerichtsverhandlung

Drei Tage vor der Gerichtsverhandlung, also am 19. 2. 2016, wurde ich in eine andere Justizvollzugsanstalt gebracht. Hier waren die Zellen größer und sauberer, als ich erwartet hatte, so wie neu restauriert. Mit anderen Worten besser als das Gefängnis, von dem ich gekommen war. Wobei, Knast bleibt Knast, und Knast ist richtig Scheiße. Ich würde keinem raten, hier drinnen Urlaub zu machen. Vor allem, wenn man die Justiz nicht mal leiden kann. Dann bist du bei dieser Adresse echt falsch.

Am Tag meiner Verhandlung ging es um 9 Uhr morgens schon los und zwar mit dem kleinen Knastbus zum Gericht.

Bevor es jedoch in den Bus ging, bekam ich noch Fußfesseln angelegt und diese nicht zu locker.

Ich war echt genervt auf die Beamten und wollte dem schon eine überziehen, überlegte es mir jedoch Gott sei Dank, da ich danach noch mehr Stress gehabt hätte, als ich jetzt bereits hatte. Als wir dann das Gerichtsgebäude in Frankfurt erreichten, brachte man mich in eine Zelle, die so klein war, wie sie mir bisher noch nicht untergekommen war. Dort gingen zwei bis drei Stunden ins Land, die ich da abhocken musste, bevor man mich wieder holte. Echt hart und das ohne Zigaretten, Essen und Trinken. Als dann endlich der Beamte erschien und mir mitteilte: „Es geht los", war ich direkt erleichtert.

Man legte mir noch einmal die Handschellen bis in den Saal an und bei meiner Ankunft dort wieder ab, wobei mir kurz der Gedanke kam abzuhauen. Aus irgendeinem Grund ließ ich es dann doch sein.

Der Richter warf mir gefährliche Körperverletzung, Beleidigung, räuberischen Diebstahl von EC-Karten Betrug, Unterschlagung und noch einige andere Sachen mehr vor, wobei ich bei einer Sache leugnete, dass dies auf mein Konto gehen sollte. Ein Diebstahl, der dann von der Liste gestrichen wurde.

Die Verhandlung dauerte drei Stunden mit einer Pause von 15 Minuten. Das Endergebnis, das dann rauskam, war eine Haftstrafe von 1 Jahr und 10 Monaten ohne Bewährung.

Ich fragte meinen Anwalt, ob da noch was zu machen sei, und er antwortete, dass es sich nicht lohnen würde, den Prozess noch weiter in die Länge zu ziehen. Er besann sich jedoch eines Besseren und meinte: „O. K., wenn Sie meinen."

Danach brachte man mich wieder in meine Zelle, in der ich wieder warten musste, bis mein tolles Taxi mich wieder in den Knast verfrachtete, wo ich meine Haftstrafe absitzen sollte. Bei meiner Ankunft freute ich mich nur noch auf das Chillen mit den anderen Gefangenen. Nach diesem Tag war ich jedoch so fertig, dass ich nur noch ein wenig TV sah und dabei einschlief, nach so einem Scheiß-Tag.

Drei Wochen besaß ich bereits Arbeit hier im Knast, und zwar in der Werkstatt „Nadel und Faden". Da lernte ich, wie man mit einer Nähmaschine umgehen muss. Eigentlich wollte ich dort nicht arbeiten, aber irgendwie brauchte ich Geld, und im Knast brauchst du immer Geld, sonst hast du echt verschissen. Man kann keine Hygieneartikel besorgen, keinen Tabak und kein TV. Nix. Daher nahm ich diese Arbeit an, da es ja nur übergangsweise werden sollte, bis ich in die Maurerwerkstatt käme, wo ich meine Ausbildung beginnen sollte, wobei ich darauf noch circa zwei bis drei Wochen warten musste, daher wollte ich so lange einer anderen Tätigkeit nachgehen.

Eines schönen Tages erschien ein Beamter in meiner Zelle, um mit mir den Förderplan zu besprechen. Dort sollten meine nächsten Schritte im Knast besprochen werden, wie Ausbildung, Schulabschluss und andere Perspektiven. Sie fragten mich aus und wollten alles über mich wissen. Ich jedoch war schlauer und schwieg erst mal. Ich fand, dass mein Privatleben keinen etwas anging. So gab ich ihnen nur die nötigsten Informationen. Mehr auch nicht. Und als sie mich fragten, was ich gerne machen würde, sagte ich ihnen, dass ich gerne eine Ausbildung zum Maurer machen würde, die drei Jahre Ausbildung benötigte. Darauf antworteten sie, dass die Dreijährige hier nicht möglich sei, aber die Zweijährige zum Hochbaufacharbeiter und ich dann das letzte Jahr draußen, in einem Betrieb, abschließen müsste. So erfuhr ich, dass ich am 1. 4. 2016 mit meiner Ausbildung anfangen könnte. Damit wurde ich im Gefängnis auch in ein anderes Haus verlegt, um meine Ausbildung bei einem Maurerbetrieb zu absolvieren.

Im Haus B, wohin man mich brachte, erhielt ich eine neue Zelle, die viel größer als meine alte war, mit einer eigenen Toilette, die mit einer Tür abgetrennt wurde, einer eigenen Dusche und nicht wie unten in der U-Haft einer Dreier-Dusche. Hier besaß man mehr Privatsphäre, was mich sehr erfreute.

12
Strafhaft

Jetzt befinde ich mich in der Strafhaft in der Zelle 213 und habe mich bereits gut eingelebt, was aber auch Scheiße ist, sich in einem Gefängnis einzuleben.
Wir haben heute den 8. 9. 2016, so dass ich voraussichtlich noch ein Jahr Haftstrafe abzusitzen habe. Wenn ich jedoch Glück habe, kann ich am 13. 1. 2017 nach zwei Dritteln meiner Strafe bei guter Führung raus. Das heißt eine vorzeitige Entlassung, aber auch nur dann, wenn ich mich dementsprechend benehme und alles reibungslos verläuft.

Nun gibt es einen Gefangenen hier, der Tim heißt und den ich absolut nicht leiden kann. Er provoziert mich andauernd, so auch heute wieder. Doch heute habe ich mir gedacht, dass ich diesmal zurück-kontere und mir nichts mehr gefallen lassen will und ihm zeige, wo der Hammer hängt.

Als wir mit dem Mittagessen fertig waren und wir wieder nach unten zur Arbeit mussten, da spuckte er mir auf die Jacke, und das brachte mich zum Explodieren. Ich schubste ihn die Treppe runter, so dass er die ganze Treppe runterflog und sich dabei den Arm brach, was mich aber null interessierte. Der Beamte, der in der Nähe stand, drückte darauf den Alarmknopf, so dass sofort so viele Beamte erschienen, wie ein Bienenschwarm, die mich in den Keller schleppten und im Bunker hinter mir die Türe schlossen.

Einem sechs Quadratmeter großen Raum, in dem die Toilette ein Loch im Boden war und den ich bereits kannte.

Am nächsten Morgen kam ich wieder in meine alte Zelle, nachdem ich ein

Gespräch beim Abteilungsleiter gehabt hatte, in dem er mir mitgeteilt hatte, dass ich mit besonderen Sicherungsmaßnahmen zu rechnen hätte. Das heißt, keine Freizeit, keine Arbeit und Freistunde sowie die Unterbringung in einem anderen Haus, da, wie er meinte, die Gefahr bestehe, dass ich mich wieder schlagen würde. Ich versicherte ihm, dass ich nichts mehr machen würde, was er mir nicht glaubte. Die besondere Sicherungsmaßnahme sollte vorerst sechs Tage lang dauern, und danach sollte ein klärendes Gespräch mit mir stattfinden.

Sechs Tage später:

Heute war das Gespräch mit Tim, dem Abteilungsleiter, sowie noch einem Bediensteten. In diesem Gespräch erklärte ich, warum ich Tim die Treppen runtertrat, weil er mich seit längerem schikanierte und ich es mir nicht mehr gefallen lassen wollte. Ich hätte mich bisher nicht beschwert, weil ich im Gefängnis nicht den Ruf eines Verräters bekommen möchte. Und egal, was hier passiere, ich sage nichts, höre nichts und sehe nichts. Das sind die Grundregeln im Knast. Tim sagte alles anders aus als ich, dass er nichts gemacht hätte und ich ihn zu Unrecht getreten hätte. Danach verlor ich an diesem Gespräch die Lust, da ich mich über diese Unverfrorenheit von Tim so ärgerte, dass ich beschloss, den Raum zu verlassen. Danach erließ man mir die Sicherungsmaßnahmen.

13
Entlassungsvorbereitung

Heute habe ich einen guten Tag, da ich einen Förderplan erhielt, in dem besprochen wurde, wie es mit mir weitergehen und wann ich entlassen werden soll und ob man mir ein Drittel der Haft erlässt.

Ich habe in der Zwischenzeit sehr viele Gruppen-Therapien besucht. Eine Gruppe für Drogenabhängige und Anti-Aggressions-Training sowie eine Alkohol-Gruppe. Ich habe viel an mir gearbeitet und selbst festgestellt, dass es so mit mir nicht weitergehen kann.
Nach den vielen Gruppengesprächen habe ich erst festgestellt, was ich alles verloren habe. Ich habe keine Freundin mehr, keine Arbeit, keine Wohnung und keine Familie mehr. Das alles habe ich durch den Knast verloren, weil ich mir

dachte, mein Leben in Freiheit wäre bisher geil gewesen. Nein, war es aber nicht. In der Zelle stellte ich mir die Fragen: Was ist passiert? Wieso? Weshalb? Und warum?

Diese Fragen quälten mich über Tage, so dass ich damit nicht selber klarkam und mich bei der Psychologin meldete. Als ich nämlich in diesen Knast eingeliefert wurde, half sie mir in den vielen Krisensituationen, in denen ich dachte: „Komm, am besten, ich nehme mir das Leben."

Als ich das Büro betrat, waren neben der anwesenden Psychologin auch mein zuständiger Sozialdienstbeamter sowie mein Abteilungsleiter vom Haus anwesend.

In diesem Gespräch wurde besprochen, wie ich mich entwickelt habe und welche Fortschritte ich gemacht habe und dass sie das alles gut fänden. Nur meine Rückfallquote sahen sie kritisch.

Zum Beispiel, dass ich wieder mit dem Kiffen angefangen hätte. Sie fragten mich, wie es nach einer Entlassung mit einer Therapie für mich aussähe, und schlugen vor, dass ich nach meiner Entlassung, zu meiner eigenen Sicherheit, am 13. 1. 2017 diese Therapie in Darmstadt machen solle. Drei Monate lang solle diese dauern. Vielleicht hätte ich ja auch Glück und dürfte meine Freistellungstage nutzen, die ich durch die Arbeit bekommen habe. Das bedeutet, 60 Tage ohne Unterbrechung gearbeitet zu haben. Also keine Arztgänge oder sonstigen Unterbrechungen der Arbeit. Auf meinem Konto stehen nämlich vier Freistellungstage, wobei ich unsicher bin, ob ich die nutzen darf, da man mir eine vorzeitige Entlassung gegeben hat, und da werden diese Tage ausbezahlt.

Meine Arbeit im Knast empfinde ich als einen schönen Zeitvertreib. Die Arbeit ist auf zwei Etagen verteilt, wo wir Mauern aufziehen müssen, die wir anschließend wieder einreißen. Die werden nach verschiedenen Vorlagen errichtet, darauf werden Kreuze eingetragen sowie alles, was wichtig ist und man wissen muss.

Unser Ausbilder ist ein guter Ausbilder und zeigt uns alle Tricks, so wie man alles machen und worauf man achten muss.

Zweimal in der Woche haben wir Berufsschule und einmal nur eine Besprechung, in der wir über den Job was lernen sollen. An den anderen Tagen kommt noch Mathematik dazu.

Ehrlich gesagt weiß ich nicht, ob ich in Freiheit, also außerhalb des Gefängnisses, so viel gelernt hätte wie hier drin.

Hier macht man zwei Qualitätsbausteine in drei Monaten, danach wird man geprüft, was man gelernt hat. Bei der Prüfung muss man eine Mauer in der Höhe von einem Meter hochziehen sowie eine theoretische Prüfung in Mathematik über das Mauern bestehen.

Hat man die QB eins geschafft, geht es automatisch weiter in die QB zwei.

Ich selbst habe die beiden QBs eins und zwei mit der Note drei geschafft, worüber ich froh bin, da ich mich für den Job draußen weiterqualifizieren möchte.

Mein zukünftiges Ziel ist, eine eigene Firma zu gründen, wobei ich weiß, dass es bis dahin noch ein weiter Weg sein wird. Dabei ich denke, ein Ziel zu haben ist eine wichtige Sache, und ich bin dem Knast in dieser Hinsicht sehr dankbar und möchte der Richterin dies auch sagen. Denn wäre ich nicht in den Knast gekommen, so wäre aus mir bestimmt ein Obdachloser geworden und das zu hundert Prozent, was sich keiner wünscht.

Damit möchte ich nicht sagen, dass jetzt

jeder in den Knast soll, um was zu lernen. Nein, ich will euch damit nur sagen, dass man, wenn man etwas richtig will, es auch schaffen kann.
Man muss sich nur den Schubser geben.

Die Arbeit hier beginnt um acht Uhr dreißig und geht bis fünfzehn Uhr, mit einer Mittagspause um zwölf Uhr, und dann muss man bis fünfzehn Uhr weiterarbeiten. Ab fünfzehn Uhr dreißig ist dann die Freistunde, in der man eine Stunde mit seinen sogenannten Freunden chillen kann. Danach sind eine Stunde und dreißig Minuten vorgesehen, in denen man duschen und kochen darf, bis man in seine Zelle eingesperrt wird. Dort sitzt man seine Zeit ab, unterhält sich am Fenster mit anderen oder schaut einfach nur TV. In diese Zeit fallen auch die Sportaktivitäten der andere Aktivitäten wie zum Beispiel dies Buch zu schreiben und dann fängt am nächsten

Tag wieder das Ganze von vorne an.

Heute haben wir bereits den 13. 12. 2016. Meine Entlassung steht zum Greifen nah. Ich freue mich nur noch, hier rauszukommen, zur Therapie zu gehen, meine Ausbildung fortzuführen und ein neues Leben zu starten.

Am 15. 12. habe ich Geburtstag. Wenn ich diesen Tag draußen feiern würde – könnte es sein, dass ich morgens im Krankenhaus aufzuwachen, wie gehabt, das will ja auch keiner.
Hier im Knast bestelle ich einen Kuchen und Kaffee, den ich mit meiner Gruppe genießen werde. Auf jeden Fall besser, als sich zu schädigen mit irgendwelchen Drogen, sich zuzuballern, was das Leben auch nicht besser macht.
Draußen werde ich froh sein, meine Freunde zu sehen, wobei ich hier im Knast nur einmal Besuch hatte und das

war´s dann auch schon. Wobei das einer zu viel war, weil es Scheiße ist, den Besuch zu sehen, und nach einer Stunde geht er wieder, was meinem Kopf oder eher meiner Psyche zu schaffen macht. Da ist es doch besser, keinen Besuch zu bekommen und sich mehr zu freuen, diese Menschen nach längerer Zeit wiederzusehen, wenn man draußen ist.

Heute ist der 15. 12. 2016. Heute ist mein Geburtstag. Ich ließ ihn über mich ergehen. Ich erhielt nur eine Karte von jemandem da draußen, das war es auch schon.

Noch 29 Tage, bis ich frei bin und in die Therapie gehen kann. Dabei habe ich eine furchtbare Angst, dass ich was falsch mache und wieder hier drinnen landen könnte, da ich Bewährung bekommen werde.

Weihnachten hier drinnen zu sein und nicht bei seiner Familie, ist im Moment ein sehr großes Thema bei uns. Man ist sehr traurig, da man wenigstens zu Weihnachten bei seiner Familie sein sollte. Wobei das auch auf Silvester zutrifft, wenn es draußen knallt.

Zu Weihnachten werde ich hier im Gefängnis auf jeden Fall zur Kirche gehen und an den beiden anderen Weihnachtstagen auch, um nicht ganz so alleine zu sein.

14
Entlassungstag

Heute ist mein Glückstag. Ich werde entlassen, um eine Therapie außerhalb des Gefängnisses anzutreten, und bin so froh, dass es so weit ist.

Über die Rufanlage wurde ich unterrichtet, dass ich meine Sachen packen soll und ich gleich abgeholt werde. Danach muss ich zur Kammer, um mein verdientes Geld abzuholen, mich umzuziehen und zu warten, bis ich geholt werde.

Als ich die Gefängniskleidung ablegte, um meine eigenen Sachen anzuziehen, ging es mir schon viel besser.

Wieder eigene Klamotten anzuhaben und keine Knastkleidung, bedeutet, dass man auch kein Knastbruder mehr ist.

Danach wartete ich und wartete und wartete und wartete, es tat sich nichts.

Die Zeit zog sich so in die Länge, fast nicht auszuhalten. In dieser Zeit durfte man nicht rauchen, und man hatte auch nicht den Nerv, etwas anderes zu tun. Nach zwei Stunden drückte ich die Rufanlage und fragte, was jetzt sei, darauf erhielt ich die Antwort, dass ich in zehn Minuten geholt würde, da der Wagen für mich eben erst eingefahren sei.

Ich freute mich so, dass ich fast durchdrehte. Nach fünf Minuten ging die Türe auf, man gab mir meine Sachen wie Handy, Geld und meine Tasche. Ich durfte noch eine rauchen, und dann fuhren wir auch schon los, wobei die zuständige Person für meine Therapie mich abholte. Danach gingen wir noch Sachen einkaufen, die ich benötigte, wie Tabak und Hygieneartikel, und dann erst fuhren wir zur Therapie. Auf dem Weg dahin hielten wir an einem Feld, wo ich mal rennen durfte. Es tat so gut, einfach mal ins Nichts zu laufen.

Nach einer Stunde Fahrt kamen wir ans Ziel, wo man mir mein Zimmer zeigte. Es war ein Doppelzimmer, also teilte ich es anscheinend mit einem anderen Jungen. Anschließend musste ich ins Büro des Betreuers, der mich hergebracht hatte. Dort fragte er mich noch ein paar Sachen, die er noch wissen musste oder wollte, und erklärte mir die Regeln der Einrichtung, wie es bei ihnen zuging, den Tagesablauf und dass ich erst nach 14 Tagen Besuch bekommen dürfte. Er erwähnte, dass es hier eine Sauna, ein Beachvolleyball-Feld und ein Fußballfeld gebe. Auch viele Tiere sowie viele Möglichkeiten mehr, sich zu beschäftigen. Man arbeite auch hier, wobei es dafür kein Geld gebe wie im Knast, dafür bekäme ich jedoch mein Arbeitslosengeld, bis meine Ausbildung anfinge.

Das Erste, was ich nach dieser Einführung tat, war, dass ich duschen ging und meine Sachen auspackte und in den Schrank einräumte.

Anmerkung von Frau Karres:

Das Buch „Ein Leben hinter Gittern" gab mir Herr Grönecke, nachdem er das Gefängnis verlassen hatte, um die Therapie anzutreten. Telefonisch blieben wir weiter in Kontakt, so dass ich mitbekam, dass er die Therapie-Einrichtung verlassen musste, als er sich im Städtchen Drogen kaufte.

Seinen letzten Anruf erhielt ich aus dem Justizwagen, der ihn wieder ins Gefängnis brachte.

Erschienene Knastgeschichten:

1 – Gefühle sterben nicht
von Saku Ya

2 – Ein roher Diamant
von Moi Boy

3 – Mein Freund, der Dschihadist
von Furkan

4 – Rapper MO 65
von Winterstein

5 – Ein Leben hinter Gittern
von Grönecke

6 – Der Teufel in mir, der Engel weit
   fort. Von Marvin Jakoby
   (In Arbeit)